Céline Patisson-Smith

Au huitième jour

Petits écrits noirs contre la haine

EDILIVRE

Pour mes frères Guillaume, Thomas et Clément

A mon père, toujours

Haïr l'amour et le pointer du doigt.
Haïr un être humain et le déshumaniser
à cause de la couleur de sa peau.
Haïr celui qui ne pense pas comme nous.
Haïr celui qui ne prie pas comme nous.
Haïr celui qui ne prie pas.
Haïr celui qui ne parle pas comme nous.
Haïr celui qui n'aime pas comme nous.
Haïr ceux qui nous haïssent.
Haïr parce qu'ils haïssent.
Haïr ce pour quoi ils nous haïssent.
Se haïr.

Quelle drôle de chose, la Genèse.

Tout a été créé en six jours, en nous laissant pour consigne de nous aimer les uns les autres. Avant de poser le septième jour comme Jour de Repos, peut-être aurait-il fallu penser à laisser une consigne à propos de la haine.

La Genèse ressemble aux grandes lignes d'un contrat qu'un homme de loi fainéant aurait oublié d'affubler d'astérisques et de petits caractères au bas de chaque page, laissant le loisir aux signataires de laisser libre cours à leur imagination. Il est vrai que le Décalogue aurait pu rattraper le coup… *aurait pu.*

Il aurait peut-être fallu un huitième jour – un huitième jour pour nous spécifier que nous aimer les uns les autres allait de paire avec ne pas nous haïr les uns les autres puisque cela ne va visiblement pas de soi. Je me dis que rien n'est laissé au hasard, et peut-être ce huitième jour existe-t-il ? Peut-être est-ce à nous de le découvrir ? Et si ce huitième jour était un non-temps qui nous était offert pour créer à notre tour ? Et s'il s'agissait d'une opportunité pour ajouter des notes de bas de page, pour spécifier ce qui est trop vague ? Et s'il s'agissait d'un jour qui dure des mois, des années, ou qui ne s'embarrasse d'aucune unité de temps, dans lequel nous réfugier et y trouver la force de nous battre pour l'amour et contre la haine ?

Car c'est de cela qu'il s'agit : un quotidien rempli de haine, une réalité que je cherche à comprendre afin d'en atteindre une autre sans jamais combattre la haine par la haine.

Ces courts écrits sont une partie de mon huitième jour, car je pense que quelques mots devraient suffire.

Suffire à poser des définitions sur ce qui est incompris et qui attise donc la haine.

Suffire à montrer une réalité sur laquelle certains s'obstinent à fermer les yeux.

Suffire à tendre la main après avoir tendu l'autre joue.

Suffire à faire un énième premier pas.

Juste suffire.

C'est ainsi qu'au huitième jour, Elle[1] poursuivit la Création – ou du moins qu'Elle nous l'offrit pour que nous

---

[1] Chacun sa version, mais dans la mienne, Dieu est une femme aux cheveux sauvages qui défient la gravité et qui scintillent de fils d'or.

poursuivions la Création.

Immense est la naïveté de l'auteur qui croit au pouvoir des mots, et magnifique est l'espoir qu'expire cette naïveté. Cette naïveté gribouillée dans de petits carnets, mise en ligne, présentée à des concours littéraires, ou gardée sous clé, est la mienne. Cette naïveté est mon huitième jour et ma contribution à la Création d'un quotidien sans haine et d'un *Nous* qui n'est pas qu'un simple outil grammatical permettant la désignation et/ou la référence.

Le huitième jour produit l'encre noire dont j'ai besoin pour écrire ; et plus j'écris, plus cette encre édifie mon huitième jour. Car ces petits écrits marquent un processus d'éveil, mon éveil – un éveil marqué pour l'instant par cinq étapes. Je n'aspire pas à atteindre un état d'éveil total si cela est possible, car je suis persuadée que je peux dès maintenant et à mon niveau participer au changement. Là, est mon ambition. Là, est ma prétention.

Quelle étrange sensation – étrange car effrayante, étrange car satisfaisante. Je me réveille petit à petit d'un long sommeil, découvrant avec horreur et bonheur ce que mes yeux encore embués arrivent tant bien que mal à distinguer, peu importe ce qu'ils distinguent.

Alors, j'écris. J'écris car je préfère vivre la réalité encrassée de la souillure humaine et me battre pour m'en laver, plutôt que de patauger dans cet immense baril d'excréments de porcs en croyant me prélasser dans une réalité où « idyllique » et « illusoire » se confondent bien trop facilement.

Ces mots sont pour mon père, un homme noir, discriminé et haï, mais qui nourrit mon espoir.

Ces mots sont pour ma mamie, une femme noire,

discriminée et haïe, mais qui s'est battue de son mieux – et certainement en vain – pour que ses enfants et ses petits-enfants ne connaissent pas la réalité qu'elle a vécue.

Mais ces mots sont également pour ceux qui s'aiment, et qui sont discriminés et haïs pour cela.

Ils sont également pour ceux qui discriminent et haïssent sans savoir pourquoi, sans même s'en rendre compte, mais qui veulent sortir de ce cercle de haine injustifiée et injustifiable.

Ces mots pourraient alors être pour ceux qui prennent un malin plaisir à discriminer et à haïr… Mais, très honnêtement, pour ces gens, je ne peux rien et je ne veux rien dès lors qu'ils ne le veulent pas pour eux-mêmes.

« Le monde blanc, seul honnête, me refusait toute participation. D'un homme on exigeait une conduite d'homme. De moi, une conduite d'homme noir – ou du moins une conduite de nègre. Je hélais le monde et le monde m'amputait de mon enthousiasme. On me demandait de me confiner, de me rétrécir. […]
Je décidai, puisqu'il m'était impossible de partir d'un complexe inné, de m'affirmer en tant que NOIR. »

– Frantz Fanon, *Peau noire, masques blancs*, p.112

14 octobre
– Ma Fierté a la couleur de la nuit

La politique. Cette drôle de chose qui, à coups de débats et sondages, nous offre l'illusion d'avoir un quelconque pouvoir décisionnel sur nos vies, alors qu'en réalité il nous est juste permis de choisir entre la peste et le choléra.

La politique. Cette sensation désagréable qui, à coups de grands meetings et autres rencontres européennes et internationales, nous fait croire que nous œuvrons dans l'intérêt de tous alors que paradoxalement, nous ne faisons qu'affirmer et instaurer de nouvelles frontières.

Le débat américain d'aujourd'hui a attiré mon attention. Cela fait plusieurs mois que le massacre – il n'y a pas d'autres mots – de Noirs en toute impunité fait rage. Cela a soulevé un mouvement, et un slogan a été créé : *Black Lives Matter.*

Je peux le traduire. Je le comprends. Et bien que cela se passe de l'autre côté de l'Atlantique, il me parle. Il me parle parce que les réactions, menaces et autres discours haineux n'ont pas tardé ici, à Paris.

Oui. Je le traduis. Je le comprends. Il me parle.

Black Lives Matter. Les vies noires comptent. Les vies noires ont de l'importance. Les Noirs ont le droit de vivre. Les Noirs sont des êtres humains que nul ne peut prendre un malin plaisir à abattre en pleine rue comme bon lui semble. Les vies noires doivent compter.

Pourtant, et très vite, s'est dressé un contre-slogan créé et encouragé par des misérables dont le seul but est, selon moi, de faire taire les voix noires à l'agonie, persuadés que cette focale sur les vies noires est un danger pour une possible unité car soutient un communautarisme malsain.

Faudrait-il alors leur rappeler qu'unité n'est pas égalité, et que l'unité tant convoitée ne pourra jamais exister sans égalité ?

Quelles vies doivent compter ?

Quelles sont les vies qui ont de l'importance ?

Toutes les vies ont-elles de l'importance ?

Nous voudrions naturellement répondre que toutes les vies ont de l'importance, mais la plus grande des tristesses est de constater qu'il faille, aujourd'hui, poser cette question : quelles sont les vies qui ont de l'importance ?

Un certain Ben Carson a alors déclaré que toutes les vies ont de l'importance et que c'est ce slogan que nous devrions scander. Il a dénigré au passage le mouvement des *Black Lives Matter*, affirmant qu'il ne fait qu'encourager et que propager la haine et la violence.

Toutes les vies ont de l'importance et par « toutes les vies » est entendue l'inclusion des vies noires.

... Vraiment ?

Malheureusement, la réalité est très loin de coller avec cette affirmation, une affirmation qui a, il y a déjà bien longtemps, troqué sa robe d'utopie déjà en lambeaux pour celle de la dystopie.

Non. « Toutes les vies » n'inclut pas celles des Noirs, et je pourrai continuer la liste des vies qui ne sont pas incluses dans ce terme. Il n'y a qu'à regarder de qui les écoles sont bombardées, et par qui elles le sont. Mais là n'est pas mon propos. Pas encore.

« Toutes les vies » n'inclut pas celles des Noirs. Mais cela le devrait.

Les vies noires ont de l'importance et doivent donc être reconnues et respectées en tant que telles.

Rien ne m'attriste plus que des Noirs voulant faire taire des voix noires dans le seul but égoïste de se faire une place dans le monde blanc[2].

Rien ne me dégoûte plus que des gens essayant de faire passer des cris de souffrance pour des cris de guerre.

Où se situent la haine et la violence ?

Sans mentionner les abus physiques, la violence ne se situent-elles pas dans le regard que les Blancs ont pour les Noirs – pour paraphraser Sala-Molins ?[3] Ne se situent-elles pas dans un accès illusoire aux droits afin de feindre une égalité tout aussi illusoire ?

Avons-nous vraiment le culot d'affirmer que la haine et

---

[2] « C'est un fait : des Blancs s'estiment supérieurs aux Noirs.
C'est encore un fait : des Noirs veulent démontrer aux Blancs coûte que coûte la richesse de leur pensée, l'égale puissance de leur esprit. », Frantz Fanon, *Peau noire, masques blancs*, p. 10 (1952)

[3] "Pour la raison pure et simple que cette proximité dans le temps en dit infiniment plus long sur l'évolution du regard dont les Blancs accablent les Noirs, les libres les esclaves, que toutes les élucubrations théoriques qu'on se plairait à imaginer. », Louis Sala-Molins, *Le Code Noir ou le calvaire de Canaan*, p. 79 (1987)

la violence sont engendrées par le fait de scander que les vies noires ont de l'importance ? Se concentrer sur les vies noires signifie-t-il que les Noirs entreprennent une croisade contre les Blancs ?

Tout cela ne serait-il alors qu'un jeu de chaises musicales raciales et racistes ? Le temps serait-il venu pour les Noirs d'asseoir, à leur tour, leur suprématie ? Le temps de la vengeance serait-il arrivé ? Le temps de prendre une quelconque revanche sur des siècles d'esclavage, d'humiliation, de soumission, d'aliénation,... serait-il maintenant ?

Montrez-vous plus intelligents.

Soyez plus intelligents.

Soyons plus intelligents.

Nous sommes plus intelligents. Nous sommes trop respectueux de la vie humaine pour oser nous rabaisser à une telle ignominie.

Où se situent la haine et la violence lorsque les Noirs ne font que supplier, supplier pour leur dignité, supplier pour leur vie ? Je ne parlerais pas d'amour. Non. Car entre l'amour et la haine, la frontière est malheureusement souvent trop fine.

Je parle d'être reconnus comme des êtres humains.

Le mouvement des *Black Lives Matter* souligne, à mon sens, le fait que les vies noires devraient également compter. Elles devraient être incluses dans « toutes les vies ».

Ce n'est actuellement pas le cas. Ni aux Etats-Unis, ni en France, et vous m'accorderez le droit d'avancer que ce n'est le cas nulle part.

*
* *

Si le problème a d'abord été le slogan et mouvement des *Black Lives Matter*, c'est très vite la *Fierté noire* qui en est devenu un. Si s'affirmer « Noir » est à la limite de l'acceptable, se revendiquer « Noir et fier » semble intolérable.

Disons-le sans détour : la Fierté blanche est basée sur la haine.

Elle implique le massacre, le pillage, la discrimination et la haine des autres, de tous les Autres, ceux qualifiés de différents, et ce uniquement dans le but de rester les meilleurs, la meilleure partie de la population. Qu'on le veuille ou non, la Fierté blanche est clairement un synonyme de Suprématie.

Mais ce n'est pas le cas avec la Fierté noire.

Il a été inculqué aux Noirs de ne pas s'aimer : nous haïr et aimer celui qui nous hait. Il nous a été enseigné de ne pas nous montrer fiers de notre peau, de nos cheveux, de notre culture, de tout ce qu'on est et qu'on représente. « Je parle de millions d'hommes à qui on a inculqué savamment la peur, le complexe d'infériorité, le tremblement, l'agenouillement, le désespoir, le larbinisme. »[4]

C'est pour cela qu'il ne s'agit pas aujourd'hui de promouvoir une Suprématie noire en remplacement d'une Suprématie blanche. Appeler à la destruction de la Suprématie blanche et appeler à la destruction des Blancs, d'autres êtres humains, sont deux choses diamétralement opposées ; et la Fierté noire n'a de motivation que pour la

---

[4] Aimé Césaire, *Discours sur le colonialisme*, p. 24 (1955)

première. Il s'agit de contrecarrer l'aliénation. C'est un synonyme de Soi : la fierté de soi, la valeur de soi, l'amour de soi, la conscience de soi. Il s'agit de se reconnecter avec qui nous sommes ou plutôt découvrir ce qu'*être* signifie. Jusqu'à présent, nous n'avons été que ce qu'on nous a autorisé à être. Jusqu'à présent, nous n'avons été que les Noirs qu'ils nous ont autorisé à être. Jusqu'à présent, nous savions ce que signifiait *être Noirs* qu'à travers leur regard, leur définition.

I am not your Negro[5]. Et je refuse à mon tour d'être leur Négresse.

C'est en fait très triste de voir des gens essayer de faire passer une cause logique, compréhensible et noble pour une déclaration de guerre.

Et à vrai dire, c'est plutôt significatif.

C'est le moment pour moi d'en prendre conscience.
C'est le moment pour moi de l'affirmer.
Je suis Noire. Et j'en suis fière.

---

[5] *I Am Not Your Negro*, James Baldwin & Raoul Peck (2017)

« Du coup, t'es juste une Noire ou une Pro-Black ? »

Il semble que s'affirmer en tant que Noir, c'est devenir et se revendiquer Pro-Black.

Et lorsque l'on entend « Pro-Black », on y entend une référence au fait de combattre la haine par la haine.

Les Pro-Blacks sont-ils des Anti-Blancs ?

Parce que la Fierté blanche est basée sur la haine de l'autre, on a tendance à penser que la Fierté noire est un racisme inversé.

Parce que la façon dont ils nous voient n'est que le reflet de ce qu'ils sont, ils pensent qu'en nous affirmant en tant que Noirs, nous sommes condamnés à tremper dans leur puanteur.

Ils ne sont que des lâches diaboliques qui nous tuent lorsque nous avons le dos tourné, lorsque nos poignets sont menottés, lorsque nous sommes endormis, lorsque nous sommes en chemin vers l'école,… Ils pensent donc que nous sommes du même calibre.

Quand comprendrez-vous qu'ils sont les seules misérables vermines racistes ?

Quand comprendrez-vous que nous ne prévoyons pas

de prendre part à une guerre qu'ils ont déclenchée des siècles auparavant ?

Quand comprendrez-vous que nous ne sommes pas là pour une simple guerre entre les Noirs et les Blancs ?

Cependant, et avec tout le respect que j'ai pour les générations précédentes, nous ne sommes pas nos parents. Nous avons déjà essayé les marches pacifiques et pacifistes. Nous avons déjà essayé de scander : « Hands up. Don't shoot.[6]«, « Touche pas à mon pote ! ». Nous avons déjà essayé de négocier quand vous continuiez à massacrez nos espoirs, nos futurs, nos corps. Aujourd'hui, en 2017, j'ai même dû signer une pétition pour demander le renvoi d'un employé d'un grand cabinet de conseil en France, ayant déclaré qu' « il faudrait mettre en cage les Noirs qui ne cèdent pas leur place aux Blancs dans le métro »[7]. Le but de cette pétition n'est pas simplement d'exiger le renvoi de cette *personne*. Il s'agit de mettre en avant un racisme que l'on appelle *ordinaire*. Il s'agit de mettre en avant un racisme que l'on appelle *latent*. Et parce qu'on le qualifie d'*ordinaire* et de *latent*, ce racisme est rendu normal. Et parce qu'il est rendu normal, on oublie qu'il s'agit de racisme.

Vous tentez de nous présenter comme les tueurs de sang-froid de cette histoire afin de continuer à vivre dans votre ignominie.

La différence entre une simple guerre entre Noirs et Blancs et le soulèvement du Bien contre le Mal est colossale. Et vous nous blâmez pour avoir choisi de nous soulever contre le Mal ?

---

[6] « Nos mains sont en l'air. Ne tirez pas. »

[7] Pétition a été levée par Ted Niama Kombo sur Change.org suite à la triste et infâme vidéo postée le 24 octobre 2017 sur Twitter.

Qu'est-ce que cela dit de vous ?

Parce que vous ne respectez pas l'Existence, attendez-vous à ce qu'on la défende.

Et vous avez raison de nous craindre.

Parce que ce génocide doit prendre fin, vous avez raison de nous craindre.

Parce que nous refusons votre cruelle et inhumaine Suprématie, vous avez raison de nous craindre.

Sommes-nous Pro-Blacks ? Je n'en sais trop rien.

Sommes-nous Anti-Blancs ? Non.

Non. Nous ne sommes pas Anti-Blancs. Nous ne pouvons pas être Anti-Blancs.

Mais si « Blanc » est synonyme de « putains de racistes », vous avez raison de nous craindre.

*

* *

Certains comprendront que Pro-Black, c'est être dangereusement Noir.

« Etre noir dans ce pays et être relativement conscient, c'est être enragé presque tout le temps. »[8]

Etre enragé…

Je suis enragée. Je crois bien que j'ai la rage.

Et parce que je l'ai avoué noir sur blanc, certains diront que je suis en colère, agressive, dangereuse et violente. Le stéréotype de la femme noire toujours en colère. Mais cela parce que leur définition reflète leur esprit : vide et insipide.

Oui, je suis enragée presque tout le temps. Mais cette rage est une soif : une soif de justice, une soif d'égalité, une

---

[8] James Baldwin

soif de vivre, une soif de connaissance. Je parle ici de la connaissance de soi, parce que mon ignorance était et est leur pouvoir. Il s'agit de ne pas détester la couleur de ma peau, de ne pas haïr mes cheveux, ma culture, mon histoire, mon héritage, mon être tout entier. Cette rage est un feu qui nourrit mon âme mais qui jamais ne consume mon être ni d'autres êtres. Cette rage me pousse à ouvrir les yeux, à rechercher la Vérité, de surmonter l'aliénation, à cesser d'accepter les définitions du monde blanc,...

Ils appellent cela Violence parce qu'ils ne peuvent plus me contrôler.

Ils appellent cela Violence parce que j'ai commencé à briser mes chaînes... toutes mes chaînes !

Ils appellent ça Violence mais nos mains chérissent la vie tandis qu'ils ont notre sang sur les leurs.

Si cela est de la violence, alors je suis dangereuse.

Dangereusement Noire.

« Mais, en vérité, ce n'est pas la Négritude qui fait question aujourd'hui. Ce qui fait question, c'est le racisme ; c'est la recrudescence du racisme dans le monde entier ; ce sont les foyers de racisme qui, ça et là, se rallument. »

– Aimé Césaire, *Discours sur la Négritude*, p.90

« Passez à autre chose ! »

« Toujours à crier au racisme. »

« Toujours à parler de discriminations. »

« C'est bon, on est en 2017, le racisme, ça n'existe plus ! »

« L'esclavage ? C'était il y a genre un million d'années ! C'est passé ! Il serait peut-être temps de passer à autre chose ! Non ? »

Il serait peut-être temps de passer à autre chose…

Parlons de façon brutale d'une dualité tout aussi brutale, en pensant très fortement aux Petites Antilles. L'esclavage appartient-il au passé lorsqu'il bénéficie encore aux Blancs ? Appartient-il au passé lorsque les Noirs en subissent encore les conséquences ?

Nous, Noirs qui devrions peut-être passer à autre chose, sommes fatigués d'exprimer nos inquiétudes, notre malheur, nos souffrances et notre agonie, suppliant le monde d'enfin se réveiller pour mettre fin à cet odieux non-sens.

Soyons honnêtes.

Des milliards de personnes souffrent dans le monde. Malheureusement.

Des milliards de Blancs souffrent dans le monde. Malheureusement.

Mais ces personnes blanches ne souffrent pas *parce qu'elles sont blanches.*

Vous comprenez ?

On ne les fait pas souffrir *parce qu'elles sont blanches.*

Comprenez-vous ?

Etes-vous outrés par mes propos ? Me trouvez-vous trop brutale ?

Bien.

Maintenant, interrogez-vous sur votre hypocrisie lorsque vous êtes outrés par ces propos plutôt que par le fait que nous, Noirs qui devrions passer à autre chose, souffrons *parce que nous sommes noirs.* Interrogez-vous sur la folie dans laquelle nous vivons lorsque les universités apparaissent comme des lieux de brimades et d'humiliation pour des étudiants *parce qu'ils sont noirs.* Interrogez-vous sur votre supercherie lorsque vous utilisez de magnifiques mots et principes tels que l'Amour, l'Egalité, la Justice, les Droits de l'Homme, l'Honnêteté,… alors que vous taisez les voix noires en demande de tout cela. Interrogez-vous sur votre racisme et (in) humanité lorsque vous ne ressentez rien en sachant que des enfants sont abattus en toute impunité dans les rues *parce qu'ils sont noirs.*

Là. Pouvons-nous passer à autre chose ?

Je voudrais m'excuser pour l'amertume palpable de mes mots. Je ne veux pas devenir aigrie ; je ne veux certainement pas que mon incompréhension me fasse basculer dans une sorte de dégoût, de répulsion, d'animosité,… de haine.

Mais je m'interroge à mon tour.

Pourrons-nous un jour envisager passer à autre chose ?

Nous donnerons-nous les moyens de passer à autre chose ?

L'Humanité a-t-elle vraiment envie de continuer à passer *ça* sous silence ?

14 juillet – Prise de la Blacktille

Aujourd'hui, nous célébrons la Fête nationale française. « Nous. »

Pointez-moi du doigt car je confesse ne pas participer à cette célébration.

Pourquoi ? Parce que je suis antillaise, je suis noire, et je connais mon histoire. Dois-je vous rappeler où nous, Antillais, Noirs, étions en 1789 ? Devrais-je vous rappeler les conséquences de la Révolution française pour les Noirs de l'époque ?

Ainsi, en tant que femme noire, je sais où va mon allégeance. Il s'agit cependant d'un choix personnel. Loin de moi l'idée ni même l'envie de sommer les Noirs de France de ne pas célébrer la Fête nationale française. Et c'est pour cela que je n'accepte pas d'eux qu'ils exigent de moi que je me montre « plus patriote » au lieu de me focaliser sur les « problèmes des autres Nations ».

Il est assez déconcertant de voir un grand nombre d'entre nous refuser d'ouvrir les yeux sur le génocide qui est en train de nous décimer. Ça, ce n'est pas le problème des autres Nations.

Nous ne sommes pas des nationalités.

Il y a quelques vingtaines d'années, nos arrière-grands-parents étaient dans des champs de coton ou de canne à sucre selon la partie du monde où ils étaient mis en esclavage. Mais peu importe où ils se trouvaient enchaînés, ils étaient enchaînés parce qu'ils étaient tous noirs.

Plus tard et peu importe le nom donné en fonction des terres où ils se trouvaient – ségrégation, apartheid,... – nos grands-parents ont été lynchés et mis à l'écart du reste de la population parce qu'ils étaient tous noirs.

Aujourd'hui, certains de nos parents, en fonction d'où ils vivent, ont la chance de ne pas être abattus en pleine rue par des policiers. Mais nous partageons tous cette crainte, si ce n'est d'être tués, d'être battus, de nous faire cracher au visage, de nous faire insulter, de nous faire arrêter, de nous voir refuser un poste,... et cela, parce que nous sommes noirs.

Peu importe le nom qu'on lui donne en fonction d'où on vit, nous sommes tous affectés par le Privilège Blanc, un système colonial voire suprématiste selon notre grille de définition, la *pwofitasyion*.[9] Nous devons tous nous battre pour notre existence en tant qu'être humain, parce nous sommes noirs. Tout ce qu'on a fait, c'est être noirs. Peu importe les pays occidentaux, les Nations occidentales dans lesquels nous vivons, nous ne sommes pas perçus comme des Français, comme des Anglais, comme des Antillais, comme des Américains, comme des Allemands... Non. Nous sommes perçus comme des Noirs, et traités en conséquence.

Non. Je refuse de célébrer une quelconque fête nationale parce que je ne ressens aucun lien avec ce *national*. Je voudrais pourtant, car être française et ne pas

---

[9] Du créole : Exploitation

être reconnue et appréciée en tant que Française laisse un goût amer.

Mais tout ce que je ressens, c'est leur peine, ma peine, notre peine. Et cette peine me motive.

Ça signifie que ça ne me fait pas oublier que je suis Noire avant toute chose.

Ça signifie que lorsque je rentre dans une pièce, les autres voient une Noire entrer.

Ça signifie que lorsque je parle, c'est une Noire qu'ils entendent plus qu'ils n'écoutent parler.

Je ne suis pas une nationalité. Je suis Noire.

« … mais je ne suis pas raciste ! »

C'est l'histoire d'un jeune homme blanc fatigué de peindre la cabane de ses petits cousins. Même si son amie noire, dont il se dit amoureux, lui tient compagnie et apprécie passer cet après-midi avec lui, il ne peut s'empêcher de dire à quel point il en a marre : « Je ne veux pas faire cette merde toute la journée ! Je ne suis pas un Nègre ! »

Cependant, il crie qu'il ne peut pas être raciste car il est profondément et éperdument amoureux d'une jeune fille noire.

Morale de l'histoire : ne pas confondre *Amour* et *Fétichisme.*

C'est l'histoire d'un étudiant blanc en Anthropologie qui, lors d'un séminaire réservé aux étudiants en deuxième année de Master, décide d'interrompre sa collègue noire qui présente un travail sur les problématiques raciales aux Antilles françaises : « Je viens de penser à un truc ! (rires) Vous savez la différence entre un Noir et un pneu ?… Un pneu ne chante pas le Blues quand on lui met des chaînes ! » Et toute la salle explose de rire !

Cependant, lui et les autres collègues, tous blancs, affirment que cela n'est pas raciste car il ne s'agit là que d'une blague.

Morale de l'histoire : ne pas confondre *Humour* et *Pure haine.*

C'est l'histoire d'une étudiante blanche énervée d'avoir raté son dernier examen. Elle semble également impressionnée parce que son camarade et ami noir a obtenu les meilleures notes de la promotion : « Ça fait un moment que je te connais mais putain ! T'es plein de surprises ! En fait, t'es intelligent pour un Noir ! »

Cependant, elle affirme qu'elle ne peut pas être raciste car elle a des amis noirs, latinos, asiatiques, et qu'elle est même déjà sorti avec un Noir. Petite rebelle !

Morale de l'histoire : ne pas confondre *Amitié* et *Quota.*

C'est l'histoire d'une mère blanche qui ne cesse de répéter à sa fille qu'elle est belle parce qu'elle est une métisse aux cheveux bouclés et blonds, qu'elle a des yeux verts, une peau claire, et surtout pas un nez épaté ou d'autres traits trop négroïdes. Elle ne veut pas que sa fille fréquente sa famille noire de peur qu'elle ne parle trop noir, qu'elle ne pense trop noir, qu'elle n'agisse trop noir,…

Cependant, elle nie être raciste car elle est mariée à un homme noir avec qui elle a deux magnifiques enfants à moitié noirs.

Morale de l'histoire : ne pas confondre *Vouloir le meilleur pour ses enfants* et *Alimenter l'aliénation.*

Nous connaissons tous les histoires de cet ami noir, de cette étudiante noire, de cette métisse, ou encore de cette collègue noire. Mais ce ne sont pas que des histoires.

Ce sont des situations que nous avons tous expérimentées au moins une fois dans nos courtes vies. Mais nous sommes également de ceux qui tentent d'excuser ces comportements racistes. Nous fermons volontairement les yeux car nous nous sommes persuadés que si nous ne voyons pas le mal, le mal n'existe pas.

Ne pas confondre *Optimisme* et *Déni*.

Nous ne devons pas être dupes.

S'ils ont besoin de se justifier et d'ajouter « … mais je ne suis pas raciste ! », il y a de fortes chances qu'ils le soient.

Si vous avez besoin de vous justifier et d'ajouter « … mais je ne suis pas raciste ! », il y a de fortes chances que vous le soyez.

Si nous avons besoin de nous justifier et d'ajouter « … mais je ne suis pas raciste ! », il y a de fortes chances que nous le soyons.

Ne soyons pas dupes. Ne vivons pas dans le déni.

« Mettez fin au racisme : faîtes des bébés métis ! »

N'est-ce pas là le plus hypocrite des slogans ?

J'ai eu le plaisir de rencontrer deux personnes qui ont partagé leur vision du métissage avec moi. Cette vision semble se propager dans les foyers depuis des générations. Sur les plantations antillaises, les mulâtres étaient, pour les maîtres, un moyen de maintenir l'ordre parmi les esclaves. Ils étaient certainement pensés plus efficaces que les esclaves de maison car ils étaient reliés par le sang à leurs maîtres. Mais pour ces derniers, ils n'étaient qu'un moyen de plus d'aliéner les Noirs. Ils n'étaient qu'un moyen de plus de faire naître la haine entre les Noirs. Ils étaient le fruit de viol et une partie des outils du racisme.

Montrez-moi dans l'histoire, à quel moment faire des bébés métis a été un moyen de mettre fin au racisme. Et je vous recommanderais alors de vous pencher sur certains travaux comme ceux de Bruneteaux.[10]

Aujourd'hui, nous sommes le fruit de fétichisme.

---

[10] *Le colonialisme oublié*, Patrick Bruneteaux (2013)

Prêtez attention aux discours ! Les gens ne disent pas qu'ils veulent être parents. Ils ne disent pas souhaiter mettre au monde le fruit de leur amour. Non. Ils disent qu'ils veulent de magnifiques bébés métis avec des caractéristiques physiques bien précises : une peau claire, des cheveux bouclés et blonds, des yeux verts, bleus, gris ou d'un marron très clair.

De plus, cela me rend malade de voir des métis se sentir en sécurité grâce à leur *sang blanc*. Cela me débecte de les entendre dire que la cause noire ne les concerne pas car ils sont à moitié Blancs. *A moitié.*

Et quelle moitié voit le racisme ?

Pourquoi Darrien Hunt a-t-il été abattu ? Apparemment, le sang blanc qui coulait dans ses veines n'a pas joué son rôle de bouclier. Lorsqu'ils nous voient, ils ne voient pas de métis, ils ne voient pas des « à moitié Blancs ». Ils voient des Noirs.

Nous sommes Noirs avant toute autre chose ! Chérir sa négritude n'est pas un crime. Ça, je l'ai compris. Chérir sa négritude ne va pas de paire avec le rejet d'une partie de son identité. Comme si l'identité était segmentée.

Soyons sérieux.

Montrez-vous du respect. Montrons-nous du respect.

Montrez aux couples mixtes qui se battent au nom de l'amour du respect. Montrez à ces personnes qui respectent l'Amour, que vous les respectez également. Des gens qui ont conscience qu'ils élèvent des enfants noirs, et non juste de mignons petits caprices suffisamment noirs pour sortir de l'ordinaire, mais pas trop noirs pour ne pas gâcher leur beauté.

Arrêtons de prétendre que nous luttons contre le racisme en usant de prétendues solutions qui se révèlent complètement racistes, car le fétichisme est du racisme !

Ne faîtes pas des bébés métis pour les mauvaises raisons.

Ne faîtes pas des bébés métis pour continuer à nous détester, à les détester.

Vous ne faîtes que maintenir l'aliénation, la haine et le racisme.

Vous détruisez tout simplement l'Amour et l'Humanité.

Cinquante nuances de Noir. Zéro unité noire

Nous idéalisons les Etats-Unis, leur langue et surtout leur vocabulaire car nous avons l'impression qu'en l'utilisant, nous n'avons pas à justifier notre négritude. Nous *avions* l'impression du moins. Nous avions une impression d'unité.

Black signifiait Black. Noir signifiait Noir. Et cela suffisait.

Mais depuis quelques années, nous sommes les témoins de l'émergence d'un nouveau vocabulaire qui ne fait que refléter le colorisme qui nous déchire. Comme si nous n'avions pas déjà suffisamment à gérer avec le racisme.

Nous ne sommes plus Black. Nous sommes light-skinned, browned-skinned, medium-skinned, dark-skinned, kind of mocha with a bit of white chocolate-skinned,…

Nous ne sommes pas Noirs. Nous sommes clairs de peau, café au lait, caramel, chocolat au lait avec une bonne dose de crème fouettée,…

Nous ressentons le besoin de nous affirmer métis et de faire l'inventaire de nos origines jusqu'à revendiquer les 2 % de sang écossais qui coulent dans nos veines afin de dire autre chose que « Noir ».

Nous tentons de nous convaincre qu'il s'agit là d'être juste envers notre identité.

Probablement…

La vérité ne serait-il pas que nous sommes prêts à tout pour échapper à notre négritude ? N'est-ce d'ailleurs pas la signification de *po chapé* ?[11]

Certains critiquent ceux qui s'éclaircissent la peau et/ou défrisent leurs cheveux.

Certains pointent du doigt ceux qu'ils accusent d'avoir adopté un mode de vie « à la française », occidental ou blanc.

Ils lisent l'aliénation dans ses comportements.

Mais que pensez-vous que nous faisons lorsque nous, créateurs de mots, inventons tous les termes imaginables afin de ne pas prononcer le seul qui nous définit ? Ce ne sont pas que des mots. Ils reflètent une réalité. Ils illustrent à quel point nous désirons ardemment mettre de côté notre négritude. N'est-ce pas cela l'aliénation ?

Comment pouvons-nous atteindre l'unité quand nous sommes incapables de nous revendiquer Noir ?

Comment pouvons-nous appeler à lutter contre le racisme quand nous embrassons le colorisme ?

Je ne ressens aucun besoin de me revendiquer autrement parce que je suis noire sans aucune honte. Je suis noire sans aucune excuse. Je suis noire avant toute chose.

Je suis noire, et j'en suis fière.

---

[11] Aux Antilles, terme désignant des Noirs à la peau claire. On pourrait le traduire par « peau sauvée », à comprendre une peau qui a échappé à la couleur noire.

« Une civilisation qui choisit de fermer les yeux à ses problèmes les plus cruciaux est une civilisation atteinte. Une civilisation qui ruse avec ses principes est une civilisation moribonde. [...] Cette Europe-là est impuissante à se justifier [...] elle se réfugie dans une hypocrisie d'autant plus odieuse qu'elle a de moins en moins de chance de tromper. »

– Aimé Césaire, *Discours sur le colonialisme*, p. 7

Les bourreaux ne sont pas des victimes comme les autres

Ils ont toujours été, ils sont encore, et ils seront à jamais pauvres.

Quelle est leur option ? Voler ! Voler nos terres, voler nos croyances, voler notre culture qu'elle soit matérielle ou immatérielle, voler nos ressources, voler nos richesses. Et nous ne pouvons nous arrêter de grandir, de briller, d'être putain de géniaux. Donc ils nous volent nos brevets, nos entreprises, nos inventions, nos styles musicaux, nos styles vestimentaires,…

Notre identité est dans leur ligne de mire.

La seule chose qu'ils sont, qu'ils possèdent et qu'ils représentent est la destruction.

La seule chose qu'ils améliorent, c'est leurs techniques de destruction.

Ils détruisent nos foyers et nos corps ; puis, ils s'attaquent à nos esprits. Ils nous font croire que nous ne sommes rien… non, que nous sommes Rien, afin qu'ils puissent se laver les mains de notre misère.

Nous avons passé des années à nous haïr. Nos parents nous ont transmis cette haine.

La haine en héritage.

Ils veulent que nous soyons les protagonistes de notre propre destruction, et leur sadisme ne connaît aucune limite. Ces lâches refusent de se confronter à leur ignominie, ils ne peuvent pas faire face à leurs responsabilités, ils ne supportent ni leur mocheté, ni leur méchanceté, donc ils jouent les victimes. Ils nous haïssent, ils nous manquent de respect, ils nous rabaissent et nous tuent tant moralement que physiquement. Et d'une certaine façon, ils ont le culot de nous culpabiliser et nous faire nous sentir désolés pour eux. Ils sont si désespérés de se faire passer pour des victimes, qu'ils s'offusquent lorsque nous n'essayons plus de comprendre leurs motivations. Ils essayent donc de se convaincre que nous sommes les salauds insensibles de l'histoire.

Oui, ils usent d'expressions racistes qui ne sont que les reflets de leur représentation du monde, mais « ce n'est pas personnel ». Après tout, ce n'est pas de leur faute si ce vocabulaire leur a été enseigné. Plus nous les traiterons de racistes, plus ils seront racistes. C'est de notre faute. Nous manquons de « pédagogie ».[12]

Oui, ils nous haïssent, terme à la mode, mais nous devons arrêter de les blâmer pour cela. Nous, insensibles Nègres au cœur de pierre, nous devons arrêter de les blâmer pour cela. Après tout, nous ne connaissons rien de l'origine de leur haine. Peut-être ont-ils eu une enfance difficile ? Peut-être sont-ils eux-mêmes victimes de haine ?

Ou peut-être sont-ils en colère parce que leur maman est également leur tante ? Qui sait ?

Oui, ils nous tuent, mais nous sommes-nous déjà mis à

[12] Ah, ce bon vieux Josh !

leur place ? Nous rendons-nous compte qu'ils doivent vivre avec ce poids ? Les appeler « assassins » ne changera rien.

Et puis, merde ! C'est de notre faute, un point c'est tout !

Qui nous a dit de respirer alors que nous sommes Noirs ?

Qui nous a demandé d'exister alors que nous sommes Noirs ?

Là…

Ne voyez-vous pas la folie dans leur logique illogique ?

Ils ressentent le besoin d'expliquer l'inexplicable.

Ils veulent justifier l'injustifiable.

« L'homme blanc tire sa haine de la terreur, une terreur sans fond ni nom qui se focalise sur le Noir comme figure d'effroi, sur une entité qui n'existe que dans son esprit. »[13]

Mais la Vérité finit toujours par être révélée, et tôt ou tard les bourreaux devront se regarder dans un miroir, par tous les moyens nécessaires.

---

[13] *I Am Not Your Negro*, James Baldwin et Raoul Peck, p.80

L'hypocrisie dans toute sa splendeur

Ils jurent : « L'amour n'a pas de couleur. »

Ils crient : « Je ne vois pas la couleur. »

Et nous sommes tous séduits par ces discours bien préparés : « Je pense que nous sommes tous les mêmes. Si on passe sur le billard, on voit bien que nous avons tous la même anatomie. Nous sommes tous des êtres humains, bordel ! Ceux qui pensent différemment de ça sont vraiment des chiens ! »

Et nous sommes les couillons les plus couillonnés car nous nous satisfaisons de ces jolies paroles.

Mais ces paroles sont vides et les actes de ceux qui les ont prononcées sont la preuve de leur vide.

Ne le voyez-vous pas ?

Nous nous contentons d'écrans de fumée.

J'étais de ceux qui pensaient que nous ne pouvions pas vivre dans un état de perpétuelle suspicion. Nous nous devons d'accorder aux autres le bénéfice du doute afin de vivre en paix.

Eh bien ! Je refuse de vivre dans un pays des merveilles satisfaisant mais complètement illusoire.

Je refuse de boire sans questionner la boisson.

A l'heure actuelle, je refuse tout simplement d'être une bonne Noire. Je refuse d'être la Négresse facile à vivre.

A l'heure actuelle, je refuse d'être un mouton, si ce n'est le mouton noir.

Je refuse d'ingurgiter toutes les paroles des gens.

A l'heure actuelle, je refuse de fermer les yeux sur la triste vérité sur l'Humanité, afin de simuler le bonheur.

Il ne s'agit pas d'être suspicieuse ou paranoïaque. Il s'agit de rester sur mes gardes. La nuance est peut-être infime pour vous, mais elle est pour moi primordiale. Elle marque le fossé entre *ce qui est mis en scène* et *ce qui est*.

Elle marque le fossé entre l'illusion et la réalité.

Ce fossé est l'hypocrisie dans toute sa splendeur parce qu'ils scandent : « Nous avons tous le sang rouge ! » Mais à qui appartient le sang qui coule dans les rues ?

Vendredi 13 – De l'humain sans humanité

C'est à croire qu'il n'y a plus rien à sauver de notre humanité. Nous avons de beaux termes, de belles notions, des concepts et des idéologies tout aussi magnifiques, des valeurs et des principes se voulant, dans une humanité illusoire si je puis me permettre, refléter une morale digne et noble. Et que faisons-nous ? Nous bafouons tout cela depuis des années, des siècles et irais-je trop loin en écrivant depuis la nuit des temps ?

Nous trouvons toujours des raisons aussi farfelues les unes que les autres de déclencher des guerres, de commettre les pires atrocités qui soient, de piller les richesses d'Autres… Nous nous disons les êtres les plus intelligents sur cette planète, et voyez ce qu'on en fait de cette intelligence ! Nous troquons ces beaux termes et tout ce qu'ils incarnent pour paradoxalement se construire à partir de la cruauté, de la violence, de l'intolérable ; nous acceptons l'inacceptable et nous tuons l'espoir. Nous semblons prendre plaisir à s'abandonner au mal, à trouver des excuses pseudo-humaines pour justifier des actes inhumains, à provoquer notre destruction,… à tuer des innocents partis décompresser un vendredi soir après une semaine de boulot.

Ce soir, vendredi 13, nous avons été attaqués.

Ce soir, nous avons fait un autre pas vers l'Enfer.
Ce soir, nous sommes choqués.
Ce soir, nous sommes en colère.
Ce soir, nous pleurons parce que nous sommes tristes.

Mais c'est aussi ce soir que nous relevons la tête, car ce soir nous appelons nos familles, nos amis. Ce soir, nous leur disons que nous les aimons. Ce soir, nous aidons nos voisins, nous nous rassurons les uns les autres. Ce soir, nous pleurons parce que nous sommes émus, nous ressentons tout cet amour, cet espoir. Nous espérons que notre humanité n'est pas perdue, qu'elle est entre nos mains. Faut-il encore rechercher cette humanité, voir au-delà de cet attentat, enlever nos œillères et surtout cesser ce nombrilisme malsain qui souligne un (néo) colonialisme persistant et qui nous fait croire que nous avons le monopole de la vie, de la mort, de la souffrance, de l'existence.

Ce soir, nous sourions parce que nous assistons à de beaux actes de solidarité, et peut-être nous rendons-nous compte que nous devons étendre cette solidarité, apprendre à aimer les Autres, sortir de cet orgueil qui traduit une haine de soi et qui nous a poussés et nous pousse dans des entreprises ignobles. Ce soir prendrons-nous conscience de nos responsabilités, prendrons-nous conscience que nous pouvons faire renaître l'espoir, prendrons-nous conscience que ce *nous* doit se débarrasser de toutes frontières, et donc de toute haine, de tout orgueil, que ce *nous* doit se construire sur des bases saines, transparentes, ce qui n'est pas le cas.

Ce soir sourions-nous parce que nous prenons conscience qu'il faut nous battre.

Nous battre pour la vie, pour *nous*, pour l'être humain.

De la compassion sélective

Paris a été attaquée un certain vendredi 13. Et nous avons reçu tant de compassion que j'en ai ressenti de l'espoir. J'ai ressenti le besoin de glorifier ce *nous* synonyme d'unité.

L'unité en tant qu'êtres humains.

L'unité comme un tout.

L'unité contre une idéologie agressive qui, dépourvue de toute morale, prône la violence.

Mais je me rends compte que nous sommes également dépourvus de morale.

Nous sommes coincés entre une idéologie raciste et une idéologie religieuse. Dans les deux cas, nous sommes perdants. Nous sommes tous perdants. Dans les deux cas, l'espoir pour la race humaine est perdu.

Je pensais qu'il restait de l'espoir pour notre humanité suite à cette compassion que nous, Parisiens, avons reçue. Je pensais qu'il y avait encore de l'espoir à cause de cette solidarité qui nous a unis au moment où nous étions attaqués. Mais il semble que nous soyons notre propre ennemi dès lors que nous sommes les acteurs d'une compassion sélective, dès lors que *nous* n'existe pas. Je suis malade de voir tant de pseudo-compassion exprimée par de pseudo-humains exprimant leur pseudo-humanité. Parce que c'est ce que nous sommes.

C'est ce que nous sommes dès lors que nous décidons vers qui doit aller notre compassion. C'est ce que nous sommes dès lors que nous nous focalisons sur les médias se focalisant sur les larmes blanches. Les larmes blanches…

A croire que « Pray for Paris » signifie en réalité « Priez pour nos compatriotes occidentaux blancs dans la ville de l'amour ».

Où est notre compassion pour le Japon ? Pour Beyrouth ? Pour le Nigeria ? Pour le Kenya ? Pour l'Afrique du Sud ? Pour la Syrie ?

Nous, qui avons passé des heures à chercher la parfaite Tour Eiffel incrustée dans le symbole *Peace&Love* pour notre photo de profil, pourquoi décidons-nous des atrocités qui méritent notre compassion ?

Où est notre compassion pour la famille de Sandra Bland ? Celle de Dontre Hamilton ? Celle d'Eric Garner ? Celle de Freddie Gray ? Celle de Darrien Hunt ? Celle de Tamir Rice ? Où est notre compassion pour toute une communauté qui transcende les frontières de la famille, les frontières étatiques ?

Où est notre compassion pour ces enfants assassinés sur les bancs de l'école ?

Où est notre compassion à chaque fois que nous faisons exploser un hôpital ?

Où est notre compassion lorsque nous nions massacrer tant d'êtres humains ?

Je suis malade d'entendre des réponses telles que : « Ok,

désolé. Ce n'était pas fait exprès. Ne le prends pas personnellement. Passe à autre chose. »

J'en arrive à vomir lorsque j'entends des collègues souffler : « Ils ne l'ont pas volé ! », en regardant les journaux télévisés annonçant d'ignobles atrocités.

Il paraît que ce qui nous sépare des animaux, ce qui nous sépare du chaos, c'est notre capacité à pleurer des gens que nous n'avons jamais rencontrés.[14]

Il faut donc croire que nous sommes pires que des chiens !

Qu'est-ce qui vous différencie des animaux lorsque vous provoquez et prenez plaisir au deuil des non-Blancs ? Vous n'êtes que chaos !

Vous apportez le chaos lorsque vous vous cachez derrière des principes insensés afin de justifier vos actions, vos privilèges, votre manque de morale. Vous apportez le chaos car la compassion sélective nourrit la haine et le conflit.[15]

Il y a peu, le mouvement des *Black Lives Matter* a été confronté à celui des *All Lives Matter*.

Je vous demande alors : toutes les vies comptent-elles dès lors que la compassion sélective existe ? Toutes les vies

---

[14] Traduction personnelle de "What separates us from the animals, what separates us from chaos, is our ability to mourn people we've never met." - David Levithan, *Love Is The Higher Law* (2010)

[15] Traduction personnelle de : "[…] selective compassion breeds hate and conflict. » (Carol Guzy pour le *Washington Post*)
La citation complete est : « We've seen throughout history how selective compassion breeds hate and conflict. In my humble opinion, if all life is not equal to the same level of kindness we wish for ourselves, it becomes the foundation for abuse. And when we turn away from oppression, our silence becomes complicity. »

comptent-elles dès lors que seules les larmes blanches comptent ?

Je prie pour vous. Je prie pour nous.

Je prie pour un *Nous* synonyme d'Egalité, de Respect, d'Amour, d'Unité, d'Humanité.

« C'est tout cela qu'a été la Négritude : recherche de notre identité, affirmation de notre droit à la différence, sommation faite à tous d'une reconnaissance de ce droit et du respect de notre personnalité communautaire. »
– Aimé Césaire, *Discours sur la Négritude*, p.89

Bonne fête Papa !

Affligeant, ce qui se dit des pères noirs, et encore plus affligeant d'affirmer ces minables stéréotypes au lieu de promouvoir et célébrer ces merveilleux hommes.

Un père devrait être le premier amour d'une fille, et mon papa est le mien.

Un père devrait être un héro pour sa fille, et mon papa est le mien.

Mon papa est mon exemple. Il m'encourage à poursuivre mes rêves quand d'autres me parle de garder les pieds sur terre, de *rester à ma place*. Il me soutient dans tous les aspects de ma vie quand d'autres ne font que me juger. Il me motive à être tout ce que je veux, je peux, et j'ai besoin d'être. Il me protège du mieux qu'il peut, avec tous les moyens à sa disposition, mais il veut également qu'en vivant mes propres expériences, j'apprenne à me protéger et protéger ceux qui me sont chers. Même si je trace mon propre chemin, je ne peux nier que mon papa a une forte influence sur moi et sur ma vie.

Je vois bien trop de femmes noires haïr les hommes noirs ; et je sais qu'elles ont leurs raisons. J'en ai d'être dégoûtée par eux.

Mais aujourd'hui, nous devrions célébrer les hommes qui nous rendent fortes, futées et belles ; ceux qui nous protègent et connaissent notre valeur.

Mon père est l'un de ces hommes qui n'ont pour moi rien d'ordinaire.

De nos jours, il est vraiment difficile d'être une fille noire, une femme noire. Et aujourd'hui, je suis reconnaissante d'avoir mon père, Pa'Patisson, car il a élevé et soutenu une guerrière, une reine. Il ne sait pas ce que signifie *être une femme noire*, et il n'a jamais prétendu le savoir, mais il m'a préparé du mieux qu'il a pu au sort réservé aux femmes noires dans la société actuelle.

Il m'a également et surtout appris que si le privilège blanc existe, être Noire est un privilège que je dois respecter.

Je suis reconnaissante d'avoir mon père car grâce à lui, je connais ma valeur et j'ai un magnifique exemple de ce que doit être un parent et un être humain.

Aujourd'hui est un jour spécial pour célébrer les papas.

Aujourd'hui est un jour spécial pour célébrer les pères noirs qui détruisent les stéréotypes.

Aujourd'hui est un jour spécial pour célébrer **tous** les pères qui œuvrent pour leurs enfants, pour leur construire un monde meilleur.

Aujourd'hui est un jour spécial pour dire à ces pères que nous les aimons et les respectons autant qu'ils nous aiment et nous respectent.

L'aliénation nous dit de célébrer le *Papa Blan.*[16]

L'Amour me dit de célébrer mon papa noir.

Je suis la digne fille de mon père. Là, est ma première fierté.

Bonne fête papa !

---

[16] Aux Antilles, figure de l'homme blanc, ancien maître.

Nous, femmes noires

"Stop killing our Black boys. I guess no one hears the howling of the Black girl ghost in the night time.
We stay unheard. Blotted out. Buried. Dead.
Black girls receive tombstones too soon and never any flowers to dress the grave. ***So we fight alone.*** *[...]*
How magic trick missing must I become ?
How tight does my noose have to ring ?
How long does my body need to deteriorate before anyone can smell it rot ?"[17]

La poétesse Porsha Olayiwola est une magnifique oratrice de la triste vérité, et l'intersectionnalité en est une.

Nous sommes Noires.

Nous sommes des femmes.

Notre lutte est double, mais nous ne demandons qu'à lutter. Nous ne sommes pas sans peur mais nous sommes suffisamment fortes pour nous nourrir de nos peurs. Nous sommes des soldates. Nous incarnons la Protection et la Défense. Nous sommes la Rancune et la Passion. Nous ne

[17] Extrait du poème *Rekia Boyd* (Porsha Olayiwola, 2015)

sommes pas effrayés par nous battre car nous sommes des Guerrières, et ce que les Guerrières font le mieux, c'est se battre.

Nous nous battons pour vous, nous nous battons pour nous, nous nous battons et construisons des Nations, nous nous battons pour restaurer l'Humanité. Certaines détruisent notre magie. Certains nous méprisent. D'autres en arrivent même à nous haïr.

Comment pouvons-nous obtenir de notre oppresseur le Respect lorsque nous sommes incapables de le trouver parmi nous ?

Ne nous laissez pas lutter seules. Soutenez-nous comme nous vous soutenons. Protégez-nous comme nous vous protégeons. Respectez-nous comme nous vous respectons. Nous sommes fortes, mais ensemble, nous serions invulnérables, invincibles, et inaliénables.

Une Reine sans Roi est une Reine, mais il n'y a de Rois que si des Reines en assurent leurs arrières. Et nous les assurons. Mais réfléchissez ! Pouvez-vous vous tenir debout si vous vous arrachez la colonne vertébrale ?

Je suis tellement reconnaissante de faire partie de cette sororité… ce reinaume. Je me sens comme Maya : reconnaissante d'être une femme noire.[18] Nos oppresseurs nous craignent. Je le comprends maintenant : ils nous craignent pour ce que nous représentons. Nous sommes la plus belle des magies. Nous sommes la plus belle des sciences. Nous sommes de l'art. Nous sommes l'espoir de notre humanité. Nous sommes le cauchemar de la Suprématie.

---

[18] "I can't believe my good fortune ! And I'm just so grateful to be a Black woman. I would be jealous if I were anything else." – Maya Angelou

Ils nous détestent parce que nous sommes, alors qu'eux ne sont pas.

Nous sommes des femmes.

Oui.

Des femmes noires.

Les fleurs noires

Je me revois assise sur le banc, regardant mamie Ginette nettoyer le poisson que papa et moi avons pêché un peu plus tôt. Je l'entends encore me dire que nous faisons tous des erreurs mais que ces erreurs peuvent être réparées. Je l'entends encore me dire que je peux changer et devenir une meilleure version de moi-même en apprenant de mes erreurs. Elle l'a fait.

Je l'entends encore me mettre en garde, m'avertir qu'il ne faut pas confondre *erreurs* et *nature profonde.*

La nature profonde ne peut pas être feinte.

Il y a des gens qui usent leur santé à essayer de voir le bon en chacun. Je suis… j'étais… je pense toujours être l'une d'entre eux. Mais il y a une énorme différence entre *essayer de voir le bon en chacun* et *essayer de voir une autre réalité au point de s'aveugler.*

Mamie Ginette est morte, et ce n'est que quelques années après que j'ai commencé à comprendre ses paroles, au même moment où j'ai commencé à ouvrir les yeux sur ce que Césaire a nommé le « racisme le plus sadique »[19].

Après avoir écrit et mis en ligne « … mais je ne suis pas raciste ! », le jeune homme blanc de la première anecdote m'a contactée. Il avait lu mon article et, désolé, peut-être honteux, voulait partager avec moi sa *prise de conscience.* Etait-ce possible que, mis face à ce racisme latent, il se soit réveillé une conscience ? Je retrouvais alors espoir ! Non pas espoir en lui, mais espoir en l'humanité. S'il pouvait prendre conscience de ce racisme ordinaire, il pourrait alors agir pour y mettre fin. Et si lui pouvait le faire, tout le monde pourrait ! Et si nous pouvions agir contre le racisme, nous pourrions agir contre l'homophobie, l'islamophobie, la xénophobie, toutes ces haines que nous cultivons et transmettons.

Il avait des regrets. Il a émis des regrets.

Des regrets sur le fait de ne pas avoir su profiter du temps qu'il avait avec sa petite amie. Des regrets sur le fait ne pas avoir su percevoir que tout ce « travail de Nègre » allait provoquer une réaction des plus merveilleuses : la joie d'enfants.

Des regrets, il en avait. Mais c'était là ses seuls regrets.

Le cœur de mon écrit était à propos du racisme latent qui met à mal les intentions pourtant les plus louables. Mais pas une seule fois ce garçon n'a regretté posséder le mot « Nègre » dans son vocabulaire. Pas une seule fois n'a-t-il regretté en user dans des expressions et références racistes. Pas une seule fois n'a-t-il regretté cette représentation du monde dans lequel le travail acharné sous un soleil de plomb est un travail fait pour les Nègres.

---

[19] Aimé Césaire dans *De la Traite et de l'Esclavage des Noirs*, Abbé Grégoire, p.27 (2005 chez Arléa)

Pourquoi regretterait-il cela ? Persuadé d'être amoureux d'une jeune fille noire, cela ne peut pas être du racisme, paraît-il. Qu'est-ce donc ? De la nostalgie peut-être…

Nous ne sommes pas censés éduquer les racistes, que ce racisme soit manifeste ou latent.

Comment pouvez-vous faire prendre conscience aux fous de leur folie lorsque la folie est la seule chose en quoi ils croient ?

Comment pouvez-vous faire les racistes cesser leur racisme lorsque le racisme structure leur système de pensée, anime leur cœur et dirige leur vie entière ?

Ils nous enlacent, et continuent à se moquer de nous. Ils sont nos amis, et continuent à mépriser la couleur de notre peau et ce qu'elle représente. Ils travaillent avec nous, et continuent à nous dénigrer. Ils nous sourient, et continuent à nous insulter. Ils disent nous aimer, et font leur possible pour nous détruire.

Nous ne sommes pas censés gaspiller plus d'énergie et de temps pour eux : « An counia manman sé missié-la ! » Ouais, bien dit mamie ! Nous avons déjà perdus plus pour eux que nous gagnons pour nous-mêmes.

Nous sommes censés mobiliser cette énergie et ce temps pour notre propre éducation.

Notre but n'est pas de parler aux murs blancs. Les murs ne bougent pas à coups de paroles. Les murs ne pensent pas. Les murs n'ont pas de cœur.

Notre but est d'arroser les fleurs noires, ces fleurs piétinées, ces fleurs arrachées. Les fleurs repoussent. Les fleurs vivent. Les fleurs peuvent faire s'effriter le plus solide des murs.

Je commence alors à percevoir ce que signifie « Pro-Black ».

Oui. Peut-être est-ce là une définition possible du Pro-Blacktivisme : l'Amour se confrontant à la Haine, à la Destruction, au Mal.

Pro-Black est Pro-Humanité. Pro-Black est anti-Suprématie blanche.

Pro-Black est une bénédiction, et leur pire cauchemar.

« Malheur à la politique qui veut fonder la prospérité d'un pays sur le désastre des autres et malheur à l'homme dont la fortune est cimentée par les larmes de ses semblables. »

– Abbé Grégoire,
De la Traite et de l'Esclavage des Noirs, p.56

Etudiants uniquement

Ces gens qui pensent qu'ils ont des pensées philosophiques des plus profondes parce qu'ils ont lu deux ou trois chapitres de Goethe, sont détestables.

Ces gens qui dénigrent l'éducation que des pères et des mères décident de donner à leurs enfants, qui affirment en savoir plus sur la « bonne éducation » car ils ont des petits cousins et neveux mais pas leurs propres chérubins, sont méprisables.

On rit bien de ceux qui se sont persuadés être des gourous, des instructeurs ou des Yogis, tout ça parce qu'ils ont assisté à une dizaine de cours de fitness, de pilates ou de yoga, et qu'ils arrivent à faire une vingtaine de pompes. Et parce qu'ils sont incapables de faire mieux qu'aller à quelques cours, ils en viennent à oser donner un avis et moquer le dévouement de ceux qui pratiquent et se sont investis dans une discipline, un art, une passion, afin de continuer à se prélasser dans leur prétendue supériorité.

Soyons sérieux !

Depuis quand connaître les symptômes de la grippe fait de nous des épidémiologistes ?

Ces gens sont aussi moches qu'ils sont ridicules et nous en arrivons même, et avec tristesse, à rire de leur arrogance : n'est-ce pas tristement hilarant d'entendre des pseudo-chanteurs qui ont une fois dans leur vie poussé la chansonnette dans un chœur d'église, critiquer de talentueux chanteurs de rue ? Et ces clowns ont le culot de croire qu'ils peuvent nous enseigner un je-ne-sais-quoi qu'ils ignorent, nous indiquer la meilleure façon de vivre notre vie s'ils étaient à notre place, d'exiger de nous le plus grand des respects…

Réfléchissons à cela à un autre niveau.

Pensons-nous être meilleurs car nous savons identifier ces comportements ?

Pensons-nous mieux connaître et en savoir plus à propos du racisme latent parce que nous avons lu quelques livres de Fanon ?

Pour cela, aurons-nous la prétention de s'affirmer éveillés, de se dire conscients, de lever le poing en se revendiquant : « Noirs et fiers ! » ?

Oui. Eveillés. Conscients. Noirs. Fiers.

Mais à la fin de la journée, c'est là tout ce qu'on peut s'affirmer être, et le dire n'est pas suffisant. Le dire ne veut absolument rien dire. Cela ne parle à personne et nous pourrions même finir par nous enfermer dans une conception telle que nous ne ferions que réaffirmer une dualité, une haine.

A la fin de la journée, être éveillés, conscients, Noirs, fiers, n'est pas suffisant. A vrai dire, être éveillés n'est que la première étape, la difficulté étant de rester éveillés afin de ne pas sombrer dans un combat de la haine par la haine.

Ne soyons pas arrogants. Pas à ce niveau. Pas à ce sujet.

Je pense que je dois être meilleure. Je pense que nous devons être meilleurs. Nous nous devons d'être meilleurs car nous nous retrouvons là-dedans tous ensemble. Nous sommes tous des étudiants, et c'est notre force.

Au moment où j'écris, j'apprends. Je ne cesserai jamais d'apprendre. Je crois que c'est l'une des rares fois où il est toujours autorisé de dire « jamais ». Et je suis reconnaissante de rencontrer de magnifiques personnes qui me laissent apprendre avec elles. Ce sont des blogueurs, ce sont des journalistes, des professeurs, des peintres, des juristes, des écrivains, des poètes, des danseurs, des féministes, des militants, des étudiants… des étudiants qui partagent leurs pensées, leurs inquiétudes, leurs réalités, leurs définitions. Je me sens forte lorsque je suis entourée par ces humbles personnes qui m'enseignent en même temps qu'elles apprennent de moi. Là me semble être la nuance entre *se battre contre la haine*, et *sombrer dans la haine au nom d'un combat contre la haine* : apprendre ensemble, enseigner aux autres sans jamais leur dire comment penser. Nous ne pouvons que partager nos pensées, nos grilles de lecture, nos expériences, afin de nous pousser les uns les autres à réfléchir par nous-mêmes.

Après tout, il serait contre-productif et destructeur d'en arriver à construire une armée de moutons noirs au lieu d'une Nation de complets, forts, intelligents et magnifiques êtres humains.

Grandissons ensemble… mais *ensemble* ne peut pas coexister avec l'arrogance individuelle.

Dommage collatéral

Tu te dis que la vie n'est pas tendre car les êtres humains ne le sont pas avec toi. Ils sont cruels : ils t'utilisent et t'usent, n'expriment aucun regret… non, ils sourient à l'idée de te faire du mal.

Tu ne cesses de prier : « Pourquoi moi ? »

Ils s'acharnent parce que si ton âme se nourrit de bonté et de clarté, la leur se délecte de chaos et de haine.

Pourtant tu t'évertues à chercher le Bien en eux. Tu t'attends à ce qu'ils cessent leur massacre ; tu t'attends à ce qu'ils fassent ce qui est juste, qu'ils réparent leurs erreurs et surtout leur cœur, et par la même occasion le tien… mais ils n'en feront rien. Tu es si naïve de croire que le monde peut être sauvé en changeant les démons en anges. Et cette naïveté te rend encore plus belle, paraît-il. Cette naïveté souligne ta pureté, semble-t-il. Certes, cette pureté est mise à rude épreuve, testée et ébranlée… mais jamais détruite.

Ils te diront, comme pour se dédouaner, qu'ils n'ont jamais eu l'intention de te faire du mal *personnellement.* Ils te diront, comme pour décliner toute responsabilité, que tu n'es qu'un dommage collatéral. Un dommage collatéral de leur méchanceté. Alors tu pleureras, et tu voudras disparaître pensant que tu es vouée à souffrir. Et eux, satisfaits, te regarderont et se réjouiront.

Si seulement tu voyais au-delà. Si seulement tu voyais que ta souffrance est belle, que ta peine est rayonnante, que ton désarroi et ton chagrin sont des bénédictions. Tu comprendras alors que Dieu n'envoie au combat que Ses plus féroces guerriers. Tu comprendras que le monde ne peut être sauvé qu'en prenant conscience que le Mal ne peut être changé. Tu comprendras que tes blessures sont une sagesse bien acquise, une sagesse qu'aucun livre de pacotille ne t'enseignera.

Pourquoi toi ?

Parce que ce cher monsieur King t'a prévenue que « la grandeur d'un homme ne se mesure pas à des moments où il est à son aise, mais lorsqu'il traverse une période de controverses et de défis ». Parce que ton papa ne cesse de te répéter que la lumière est une inspiration pour les uns, mais une menace pour les autres. Ces autres qui s'acharnent car leur existence est comme celle d'un certain Léon : « une campagne triste où il pleut toujours. »[20] Ils envient ton éclat, ta passion et ta mission, et veulent les détruire pour qu'enfin tu sois aussi misérable qu'eux.

Tu n'es pas qu'un dommage collatéral.

Tu es une cible. Et quelle magnifique cible ! La cible des faibles et des haineux qui veulent préserver leur seul apanage : la médiocrité.

Pourquoi toi ?

Parce que tu es, et eux ne sont rien.

---

[20] Léon Bloy, *La femme pauvre* (1897)

Soignons-nous aujourd'hui, sauvons le monde demain

Un jour viendra où nous ressentirons le besoin d'être heureux… vraiment heureux. En parfaite harmonie avec nous-mêmes, en paix avec notre Moi intérieur. Ce jour viendra.

Mais nous devons comprendre aujourd'hui que nous sommes ce que nous faisons. Nous sommes nos propres démons ; nous sommes consumés par notre propre méchanceté même si nous ne le voyons pas.

Tu ne peux pas blesser les gens en toute impunité. D'une certaine façon, tu penses que tu peux compter sur le temps pour panser les blessures que tu as infligées aux autres. En pensant cela, tu ne fais que montrer ton arrogance et ta lâcheté. Tu ne veux pas t'excuser sincèrement, tu ne veux pas faire face à ta malveillance, tu ne veux pas faire amende honorable auprès de ceux que tu as blessés, tu ne veux pas réparer ce que tu as détruit.

Penses-tu montrer de la faiblesse en faisant cela ?

Sommes-nous tombés aussi bas pour prendre la force pour de la faiblesse ?

Quel genre de sous-merdes sommes-nous devenus pour nous accommoder de la cruauté tandis que nous éprouvons des difficultés à montrer de la bienveillance à l'égard d'un autre être humain ?

Tu espères donc qu'avec le temps, les gens pardonneront ton acharnement, et ils finiront probablement par le faire ! Parce qu'ils en ont besoin. Nous avons tous besoin de guérir. Ils n'attendront pas que tu guérisses de ta malice. Et parce que tu les verras guérir, évoluer, sourire et vivre, tu penseras que tout est pardonné, que tout va bien… avec toi. Tu penses que leur guérison conduit à ta rédemption, et tu te promets même d'agir différemment la prochaine fois, d'être une meilleure personne avec les gens qui viendront après ceux que tu as blessés.

Mais si tu peux éviter de faire face à tes actions, tu ne peux fuir leurs conséquences. Notre passé ne nous définit peut-être pas, mais nos actions passées le fait.

Nous laissons derrière nous nos empreintes, et si fermer les yeux nous empêche de les voir, cela ne les efface pas. Parfois, ces empreintes deviennent même des schémas.

Nous pouvons prendre un nouveau départ, nous pouvons laisser de nouvelles empreintes, mais si nous ne balayons pas les anciennes, elles resteront une hideuse tâche sur notre chemin. Et tôt ou tard, nous devrons regarder notre infamie droit dans les yeux. J'appelle ça le Karma, d'autres parlent de Justice divine, et certains ont d'autres noms. Quoi qu'il en soit, nous ne pouvons espérer trouver la paix et batailler pour lorsque nous n'avons jamais côtoyer les remords, l'honnêteté, l'amour,…

Nous faisons tous des erreurs. Continuellement.

Mais je décide de faire la différence en m'évertuant à

réparer mes erreurs, sans jamais me plonger dans une spirale interminable de lamentations et d'auto-flagellations, cela va s'en dire. Je crois juste en la justice et ni moi, ni vous, ni eux, ni nous ne pouvons blesser les autres en toute impunité.

Nous avons tous le choix… et j'en viens à gerber lorsque je vois des coprolithes s'obstiner à creuser encore plus bas.

Etre bon, c'est quoi ?

Ou que si signifie *Ne pas être un total enfoiré* ?

Il y a quelques jours, j'ai lu du Bukowski, et une phrase, un conseil peut-être, m'a marqué : « Cesse de t'évertuer à te vider la tête. Répare ton putain de cœur plutôt ».[21]

Certaines personnes s'offensent lorsqu'elles sont traitées de « racistes ». Elles n'y voit qu'une insulte. Elles commencent à balbutier, à crier haut et fort qu'elles ne s'abaisseront à répondre à cette insulte, à jurer qu'elles ne sont pas racistes, et à trouver un quelconque lien de parenté avec la maîtresse noire du fils du voisin de leur patronne afin de prouver qu'elles ne peuvent pas être racistes. Elles commencent à jouer les pauvres victimes, jurant que nous essayons de les mettre plus bas que terre. Elles commencent à trouver des explications à leurs comportements, paroles, et pensées. Elles essayent de présenter leur ignorance comme logique. Elles commencent même à nous traiter comme l'oppresseur afin de se sentir mieux : « Tu crois que

---

[21] Traduction personnelle de : « Stop insisting on clearing your head. Clear your fucking heart instead.", Charles Bukowski, *Selected Letters Volume 4 : 1987-1994*

toi tu es parfait ? Tu penses que tu me connais mieux que je ne me connais moi-même ? Tu crois que tu sais tout sur tout ? » Elles veulent juste se donner bonne conscience.

Elles essaient juste de *se vider la tête.* Elles refusent d'apprendre parce qu'elles ont peur de perdre leur Privilège. Elles prennent plaisir à faire le mal.

D'autres personnes se remettent en question lorsqu'il leur est prouvé qu'elles montrent des comportements racistes. Elles se regardent d'un autre œil et tentent sincèrement de comprendre en quoi leur comportement, leur langage et leur système de pensée sont contaminés par une telle violence et haine de l'autre. Elles ne se contentent pas du lambda : « Je suis désolée. Je pense sincèrement que nous sommes tous les mêmes et que le racisme, c'est moche. » et d'autres discours hypocrites bien préparés et trop souvent répétés machinalement. Parce qu'elles comprennent que la plus sincère des excuses est un comportement changé, elles commencent à apprendre de leurs erreurs afin de palier cette ignorance qui gangrène notre société. Elles tentent, parfois maladroitement, de réparer leur faute, de faire amende honorable auprès de ceux qu'elles ont blessés car il ne s'agit pas seulement d'elles : c'est l'Humanité qui est en jeu.

Elles essayent de *réparer leur cœur.* Elles prennent plaisir à entendre des vérités déplaisantes à leur propos au lieu de se prélasser dans leur réalité illusoire.

N'est-ce pas cela la différence entre les bons et les mauvais ?

Les bons ne sont pas ceux qui ne font jamais d'erreurs. Ils ne sont pas de ceux qui ont toujours les intentions et les pensées les plus pures. Ils sont très loin d'être parfaits.

Certains diront que je suis optimiste ou naïve, et je suis très probablement les deux. Mais je crois sincèrement que nous avons le choix du chemin que nous voulons emprunter.

Il n'est pas question d'être une bonne ou une mauvaise personne, au départ.

Il est question de ce sur quoi nous décidons de nous focaliser à l'instant présent. Il n'est jamais trop tard pour décider de mettre fin à cet outrageux tissu d'absurdités.

Que choisissez-vous ?

Nous, autres humains
Nous autres, humains

Plaidoyer contre le dissentiment

Mon père est noir et ma mère est blanche. Cela fait de moi une métisse. *Je suis métisse.*

D'aussi loin que je m'en souvienne, mes parents n'ont jamais formé un couple, mais un couple mixte. Mon père a toujours été *le Noir avec sa Blanche.* Ma mère a toujours été *la Blanche qui aime les Noirs.* Un couple mixte avec des enfants métis.

D'aussi loin que je m'en souvienne, mon frère et moi avons toujours été perçus et définis par les autres comme des métis. Métis avant d'être Guillaume et Céline, êtres singuliers. Mon père a toujours été Noir, puis *le Noir avec sa Blanche*, avant d'être admis comme quelqu'un, un homme, un père, un chef d'établissement, et toutes ces fonctions et passions qui font de lui ce qu'il est.

Et d'aussi loin que je m'en souvienne, j'ai toujours détesté cet amour de l'adjectif, ce besoin de précision, à croire que le couple formé par mes parents n'a jamais été normal.

Pas un couple, mais un couple mixte. Au 21ème siècle,

cette précision n'est-elle pas superflue ? N'est-elle pas un manque de respect à l'amour ?

Mon oncle est homosexuel. Le frère de ma mère est homosexuel. *Tonton est gay.*

Pourtant, et d'aussi loin que je m'en souvienne, il a toujours été mon tonton, tonton Franck, mon tonton professeur, mon tonton baroudeur, le tonton avec qui mon frère et moi adorions passé le dimanche à jouer au Monopoly édition Guadeloupe, au tarot ou au Pictionary, parfois les trois à la suite.

Pourtant…

« Maman, c'est vrai que tonton est pédé ? »

C'est la question que je me rappelle avoir posé à ma mère lorsque j'avais peut-être 13 ans. Il s'agit là de la question naïve d'une enfant tout aussi naïve.

Je ne me souviens plus du contexte. Je ne me souviens même plus de la réponse exacte de ma mère. Je me souviens juste avoir été réprimandée car on ne dit pas « pédé ». *Pédé,* c'est sale. *Pédé*, c'est moche. *Pédé*, c'est insultant. On dit « homosexuel ». Mieux, on dit « gay ». C'est plus tendance, plus raffiné, plus politiquement correct. Mais pas « pédé ». Surtout pas « pédé ».

Puis je me souviens que ma mère a acquiescé. Juste acquiescé, sans une explication. Je me demande aujourd'hui si une explication aurait été nécessaire. Non, je ne pense pas. Après tout, j'ai su ce que je voulais savoir, et la naïveté de l'enfant que j'étais n'était pas à confondre avec de l'ignorance. Certes, je ne savais pas que mon oncle était homosexuel, mais je savais ce que signifiait être homosexuel : un monsieur qui aime les messieurs. Cette définition me convenait. Je n'avais pas besoin d'en savoir plus. Cela me suffisait et nous avons continué à passer nos dimanches à jouer aux cartes et à des jeux de société. Rien n'avait changé.

Rien… rien ? Pas si sûr.

A partir de ce moment, je n'ai plus passé du temps avec mon tonton Franck. Je ne m'en rends compte qu'aujourd'hui. J'ai commencé à passer du temps avec mon tonton gay, mon tonton gay et professeur, mon tonton gay baroudeur, le tonton gay avec qui mon frère et moi adorions passé le dimanche à jouer au Monopoly édition Guadeloupe, au tarot ou au Pictionary, parfois les trois à la suite.

Je ne pense pas que nos rapports aient changé. Je suis même sure que l'amour que je lui portais est resté le même. Pourtant, il n'était plus mon tonton mais mon tonton gay, et même si dans les faits cela n'a rien changé à notre relation, je pense que cette différence m'a changée. Elle m'a changée, moi.

Moi qui ai toujours détesté être réduite à la fille d'un couple mixte, voilà que j'envisageais mon oncle non pas en couple mais dans une relation homosexuelle. Moi qui ai toujours méprisé ces gens qui définissaient mon père en fonction de sa couleur de peau puis du couple qu'il formait avec ma mère, voilà que je refusais à mon oncle d'être un oncle, sinon un oncle gay.

Suis-je la seule à percevoir ce besoin de précision comme une dangereuse insulte à l'humanité ?

Suis-je la seule à ressentir l'abus d'adjectif comme un éloge malsain de la différence ?

Certains diront que la précision permet d'être le plus juste possible envers son identité.

Foutaises !

On attend de moi que je respecte l'opinion de chacun,

mais je préfère apporter mon respect à l'être humain plutôt qu'à des opinions qui me semblent l'insulter et le détruire.

Où la justice envers l'identité lorsque nous racontons une histoire au bureau mettant en scène notre collègue gay ? Le fait que ce collègue soit gay est-il un élément pertinent de cette histoire ? Pourtant, nous avons tous cette tendance à préciser. Nous avons cette tendance malsaine à marquer la différence. Comprenez-moi bien : je ne clame pas que la différence n'existe pas. Au contraire, elle fait la richesse de la race humaine. Swami Prajñanpada le souligne : « Ne confondez pas égalité et uniformité. » Je plaide ici pour l'égalité. Je refuse de définir mon interlocuteur/-rice en fonction du sexe de la personne envers qui il ou elle pourrait développer des sentiments. Je refuse de le ou la réduite à sa sexualité, à le ou la définir en fonction de son ou sa conjoint.e.

Je refuse de marquer une différence entre les couples *normaux* et les *autres* couples : les couples alternatifs, les couples différents, les couples mixtes, les couples gays, ces couples formés par les *autres* êtres humains.

Tonton, avant d'être gay, tu es mon oncle. Tu es mon tonton au-delà de ton homosexualité. Tu es mon oncle, et non mon oncle homosexuel. Tu es mon tonton peu importe qui tu décides d'embrasser, peu importe envers qui tu peux éprouver des sentiments ; parce qu'après tout, les sentiments ne se contrôlent pas. Tu es bien plus que ton homosexualité. Tu es un être humain capable d'aimer, d'aimer sa nièce, et pour cela je t'aime.

Au final, c'est ce qui compte, c'est ce que l'on devrait retenir et c'est ce que je décide de retenir.

Ce ne sont peut-être là que les réflexions naïves d'une

jeune fille tout aussi naïve, mais j'aime à croire que l'humanité aura franchi une étape extraordinaire le jour où nous cesserons de vouloir distinguer les Nous des Autres, les normaux des différents, et de qualifier ce qu'il n'est pas important de qualifier.

J'attends et bataille pour que mon père vive le jour où il ne sera plus considéré comme un Noir avant tout et uniquement, et traité comme tel. J'espère vivre le jour où nous pourrons lire Fanon sans faire, avec tristesse, des parallèles entre le passé et notre quotidien.

J'attends et construis ce jour où mon oncle ne sera plus réduit à sa sexualité, ce jour où les coming-outs ne seront plus des rites de passage stressants et humiliants, ce jour où nous n'aurons plus à être les spectateurs de ces aveux publics. J'espère le jour où nous pourrons vivre sans justifier notre orientation sexuelle, sans devoir se placer dans une case. Nous ne sommes pas des cases. Ne réduisons pas l'amour à une case.

J'attends tout simplement le jour où chaque personne pourra enfin vivre pleinement.

Vivre pleinement. Réjean Bonenfant l'a écrit : « Lorsqu'on vit pleinement, on n'a pas besoin de qualifier sa vie ».[22]

Alors, vivons pleinement. Vivons pleinement, ensemble.

---

[22] Réjean Bonenfant, *Un amour de papier* (1983)

A l'aube de la nouvelle année

« Entre autres choses, tu découvriras que tu n'es pas le premier à être perturbé et même dégoûté par le comportement de l'être humain. » – Salinger[23]

Est-il nécessaire d'énumérer toute la folie de ces dernières années ? Les années précédentes n'ont pas été tendres avec nous… ou devrais-je dire que nous n'avons pas été tendres avec ces années ?

Aussi loin que je m'en souvienne, je n'ai jamais été aussi effrayée pour notre monde.

Aussi loi que je m'en souvienne, et au-delà de mes expériences personnelles, je n'ai jamais été aussi dégoûtée par l'être humain.

Quel paradoxe démentiel : l'humanité détruite par les êtres humains !

Cependant, je ne perds pas Espoir. Je refuse de Le perdre.

Je ne crois pas à l'adage : « Nouvelle année, Nouveau moi » car je crois en la continuité.

---

[23] *L'attrape-Cœurs*, J. D. Salinger (1951)

Je suppose que le problème auquel nous sommes confrontés aujourd'hui est que nous sommes trop arrogants pour simplement arrêter. Nous sommes prêts à perdre notre âme pour des conneries au lieu de se montrer suffisamment intelligents pour reconnaître nos erreurs et travailler à les réparer.

Ceci est mon souhait pour moi-même, pour ma famille, pour mes amis, pour mes ennemis, et pour tous ceux pour qui je n'ai plus aucun respect.

Nous devons nous rappeler le rôle que nous avons joué dans la vie des autres. Nous devons ne laisser aucune place pour le Mal. Si nous ne pouvons pas leur faire de Bien, ne brisons pas leur Paix. Si, par malheur, nous leur avons déjà fait du tort, trouvons un moyen de réparer nos erreurs. Nous pourrions sauver des vies. Nous sauverons les nôtres, indéniablement.

Restaurons notre Morale. Restaurons nos Valeurs et nos Principes.

Restaurons notre humanité. Restaurons l'Humanité.

Cessons cette autodestruction.

Nous avons survécu à une autre année.

N'en avez-vous pas assez de survivre ?

Ne voudriez-vous pas commencer à vivre ?

"… throw roses into the abyss and say : 'Here is my Thanks to the monster who didn't succeed in swallowing me alive'." (Nietzsche)[24]

---

[24] *Fragmentos Póstumos/Posthumous Fragments : 1869-1874, Volumen I*, Friedrich Nietzsche

Traduction personnelle : « … Jette des roses dans la tombe et dis : 'Voici mes remerciements au monstre qui n'a pas réussi à m'avaler vivant. »

Mes pensées partent dans tous les sens.

Certains jours, je suis en colère, et mon discours est ardent et brutal.

D'autres jours, je suis triste, et mon discours se veut apaisant et diplomate.

Ils forment mon huitième jour depuis des années, et l'espoir en est le fil conducteur.

Je ne sais pas combien de temps cela prendra.

Toute une vie, je suppose. Il en a déjà pris plusieurs, et je suis fière d'offrir la mienne pour ce combat.

Encore une année.

Encore un pas.

La plus grande des tristesses serait de découvrir que ce pas est fait dans la mauvaise direction.

Alors voilà mes souhaits pour la nouvelle année.

Je nous souhaite le meilleur pour l'année qui arrive, et celles qui suivront.

Je nous souhaite de gagner la guerre contre nos propres démons. Je nous souhaite de ne jamais abandonner cette quête de la lumière.

Je nous souhaite de l'amour et d'avoir une vie sauve et glorieuse.

Remerciements

Plus ou moins

Je ne vais pas passer par quatre chemins.

J'ai découvert de façon assez brutale que j'étais noire, et noire avant tout. J'ai découvert qu'une jeune femme noire était peut-être tolérée sur les bancs de l'université, mais pas complètement acceptée. J'ai découvert qu'il y avait certains habits qu'une femme noire n'était pas censée porter, certains lieux qu'elle ne devait pas fréquenter, certaines lectures qu'elle ne devait pas avoir. J'ai découvert qu'il y avait certains sujets qu'une jeune femme noire ne devait pas traiter. Et *ils* ne se sont pas privés pour me le faire savoir.

Paradoxalement, plus *ils* voulaient que je la ferme, plus j'ouvrais les yeux sur l'aliénation en cours, l'hypocrisie, la haine et *leur* tentative de cacher la Vérité, comme si cette dernière n'était pas déjà suffisamment enfouie sous des siècles d'Histoire écrite par *eux*.

Consciente.

Eveillée.

Je n'utilisais pas ces mots il y a cinq ans. Je me considérais encore moins comme tel.

Ma mère est blanche, mon père est noir, et moi, je ne faisais que me prélasser dans ma joyeuse naïveté. Mais l'adversité m'a enseigné ces mots. Elle m'a enseigné ces états.

Je ne suis pas sure qu'*ils* réalisent que ce sont *eux* qui ont ouvert mes yeux : des blagues racistes pendant certaines de mes présentations, des insultes racistes dans les couloirs alors que j'attendais le début d'un séminaire, me dire que je devrais « remercier mon côté blanc » de m'avoir permise d'arriver aussi loin, me rappeler que je ne suis « qu'une Noire qui travaille sur les Noirs », me demander si je ne serais pas plus épanouie dans une voie – pourquoi pas le sport ? –, me dire que mes cheveux sont beaux avant de passer le reste de l'heure à s'en moquer ouvertement.

Nous avons tous un parcours. Des expériences différentes nous ont amenés à ce point, et je suis reconnaissante de tous ces mauvais moments qui m'ont amenée à ce point. Je suis reconnaissante des personnes que j'ai rencontrées, celles qui ont tenté et tentent de me blesser. « La véritable grandeur d'un homme ne se mesure pas à des moments où il est à son aise, mais lorsqu'il traverse une période de controverses et de défis. » Un ancien collègue et depuis ami, Patrick, ne cessait de me répéter cette citation de Martin Luther King. Juriste et Noir, Patrick s'y connait en « période de controverses et de défis », et cette citation a été mon mantra. Je suis réellement persuadée que rien n'arrive par accident. J'avais besoin et j'ai encore besoin de ces moments difficiles ; ils me permettent de réfléchir, de me questionner, de relativiser. Ils sont suffisamment et terriblement douloureux pour me pousser à chercher le Pourquoi, le Comment et le Qui.

Un proverbe antillais dit : « Fok ou mantché néyé pou apwann najé[25] », ce qui signifie qu'on ne peut fuir le danger. Il nous faut apprendre à sentir ce danger, il nous faut

---

[25] Litt. : Il te faut presque te noyer pour apprendre à nager.

apprendre comment éviter ce danger, et le seul moyen d'apprendre comment y faire face est d'y être confronté.

Donc.

Très chers bâtards et enfants de bâtards, je vous remercie du plus profond de mon cœur. Votre haine me motive. Votre haine nourrit ma faim. Vous ne pouvez plus m'intimider ni m'effrayer. Pas à ce niveau-là. Je connais ma valeur.

Mettez-nous la pression, censurez-nous, insultez-nous, haïssez-nous. Mais je dois vous avertir que si cela me motive et motive certains à promouvoir le respect et l'amour de soi et de l'autre pour lutter contre la haine, cela en motive d'autres à user de la haine pour lutter contre la haine. Le serpent se mord la queue, et nous subissons tous les conséquences de cette arrogance.

Mettez-nous la pression, censurez-nous, insultez-nous, haïssez-nous. Mais je répète haut et fort : **je suis une femme noire et j'en suis fière**.

Merci et allez cordialement vous faire foutre si cela vous déplaît.

*

* *

Mais vous n'êtes pas ceux sur qui je devrais allumer les projecteurs. Me voilà à donner de l'importance à ceux qui n'ont aucune considération pour la vie humaine.

Non.

Mes plus sincères remerciements vont à ceux qui se battent contre la haine, peu importe la forme qu'elle prend, toutes les haines.

Mes remerciements les plus authentiques vont à ceux qui se questionnent quotidiennement sur leurs propres pensées et agissements, qu'ils soient Noirs ou qu'ils soient Blancs. Ils vont à ceux qui refusent cette dualité en prenant conscience de son existence et en agissant du mieux qu'ils peuvent, avec les moyens qu'ils ont en leur disposition pour la combattre. Ils vont à ceux qui refusent de taire les voix à l'agonie et qui, s'ils ne crient pas avec elles, mettent tout en œuvre pour qu'elles soient entendues.

Je connais ma valeur grâce à ces personnes car en les découvrant, je découvre que je peux faire partie de quelque chose de plus grand, de pur et d'honnête, quelque chose qui embrasse la diversité, quelque chose qu'*ils* envient, quelque chose qu'*ils* méprisent, une chose pour laquelle je veux me battre, un chose que nous nous devons de restaurer.

A vous, **Merci**. Je voudrais en dire plus. Je voudrais user d'adverbes. Mais aucun ne peut exprimer la force de ma reconnaissance.

Merci.

Vous me permettez de me construire.

C'est avec vous que je veux construire.

C.P-S

Bibliographie indicative

- BALDWIN, James, PECK, Raoul, *I Am Not Your Negro*, Robert Laffont, 2017, 138p.
- BLOY, Léon, *La femme pauvre : épisode contemporain*, Editions La Part Commune, 2009, 441p.
- CESAIRE, Aimé, *Discours sur le colonialisme/Discours sur la Négritude*, Présence Africaine, 2004 [première édition 1955], 92p.
- FANON, Frantz, *Peau noire, masques blancs*, Editions Points, 2013 [première édition Editions du Seuil, 1952], 225p.
- GREGOIRE, Abbé, *De la Traite et de l'Esclavage des Noirs*, Arléa, 2005, 67p.
- LEVITHAN, David, *Love Is The Higher Law*, Alfred A. Knopf, 2010, 167p.[2]
- MABANCKOU, Alain, *Le sanglot de l'homme noir*, Editions Points, 2013 [première édition Fayard, 2012, 179p.

- OBAMA, Barack, *De la race en Amérique*, Grasset & Fasquelle, 2008, 85p.
- PATISSON, Céline, *« Vrais » ou « faux » Antillais ? La Gestion du bilinguisme des Antillais de l'Ile-de-France*, Edilivre, 2016, 146p.
- SALA-MOLINS, Louis, *Le Code Noir ou le calvaire de Canaan*, PUF, Quadrige, 2012 [première édition 1987], 286p.
- SALINGER, Jerome David, *L'Attrape-cœurs*, Robert Laffont, 1953, 252p.

Cet ouvrage a été composé par Edilivre

175, boulevard Anatole France – 93200 Saint-Denis

Tél. : 01 41 62 14 40 – Fax : 01 41 62 14 50

Mail : client@edilivre.com

www.edilivre.com

Tous nos livres sont imprimés
dans les règles environnementales les plus strictes

ISBN papier : 978-2-414-19524-4

ISBN pdf : 978-2-414-19525-1

ISBN epub : 978-2-414-19523-7

Dépôt légal : février 2018

Imprimé en France, 2018